Paul Schmidt, Orlando P. Schmidt

Paul Schmidts Gedichte

Paul Schmidt, Orlando P. Schmidt

Paul Schmidts Gedichte

ISBN/EAN: 9783743361065

Hergestellt in Europa, USA, Kanada, Australien, Japan

Cover: Foto ©Andreas Hilbeck / pixelio.de

Manufactured and distributed by brebook publishing software (www.brebook.com)

Paul Schmidt, Orlando P. Schmidt

Paul Schmidts Gedichte

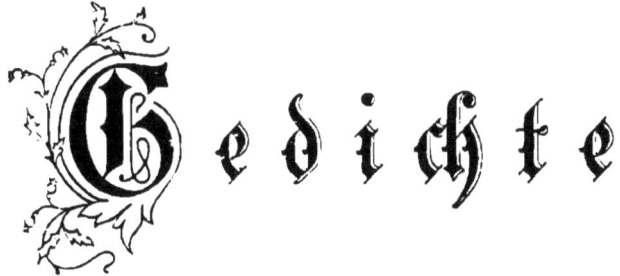

Gedichte

von

Paul Schmidt.

Cincinnati, O.

Druck und Verlag von Mecklenborg & Rosenthal.

Entered according to Act of Congress, in the year 1878, by
ORLANDO P. SCHMIDT, in the office of the Librarian
of Congress, at Washington, D. C.

Inhalts-Verzeichniß.

                                          Seite.

Vorrede.	1
Biographie.	3
Zueignung.	11
Widmung.	12
Ahnung.	15
Leidens-Zweck.	17

Jugend-Gedichte.

Die Aussicht.	21
Beruhigung.	23
Morgen.	25
Abend.	27
Vergiß mein nicht.	29
Das Vaterunser.	30
Empfindungen am Meeresstrand.	33
An Sie.	34
H. K's Tod.	35
Trägheit und Müssiggang.	38
A. B. C.	43
Fatum.	44

See-Gedichte.

Fahrt auf der Weser.	49
Tagesanbruch.	50
Sonnenaufgang.	51
Morgengedanken.	53
Sonnenuntergang.	55
Nachtgedanken.	56
Sehnsucht nach dem Lande.	58
Lootse am Bord.	59
See=Scene	63
Fahrt in den Delaware.	64

Vermischte Gedichte.

Aus meiner Klause.	67
Nachruf an G'ein's Grabe.	76
Rüge.	78
Der Einsiedler.	79
Abschied.	81
W's Tod.	83
Das Auge.	85
Feierabend=Betrachtung.	86
An die Ruhe.	88
Sehnsucht nach dem Tode.	90
Resignation.	92
Benutzung der Zeit.	92
Grabschrift.	92
Friedens=Reim.	93

Widmung.

※ o ※

Fast sollte ich Dir grollen, Du theurer Ent=
schlummerter, daß mir Deine Gedichte erst
jetzt, nach Deinem Tode, zu Gesichte kommen,
die Du im Laufe Deines vielbewegten Lebens
als den Erguß Deiner Empfindungen dem Papier
zwar anvertrautest, aber so verborgen hieltest,
wie ein heiliges Geheimniß. Da sie, diese stillen
Zeugen Deines tiefsten Gemüthes, nun aber in
meine Hände gekommen sind, so erlaube, daß ich
sie dazu verwende, um dem schönen Monumente,
das Du Dir selbst durch Dein musterhaftes
Leben in den Herzen der Deinigen und so vieler
Deiner Freunde errichtet hast, noch eine weitere

Gedenktafel anzulehnen, und um dem Bilde, das bei so Vielen fortlebt, die Dich kannten, auf's Neue Gestalt und Farbe zu verleihen.

Nichts Höheres kann Kindern im Leben zu Theil werden, als Eltern zu haben, zu denen sie mit Achtung empor schauen — und deren sie mit Verehrung selbst nach ihrem Hinscheiden gedenken können. In diesem Hochgefühle lege ich dieses Büchlein als einen Ausdruck unauslöschlicher Verehrung und als einen Tribut kindlicher Liebe auf den Dankaltar und weihe es Dir, theurer Entschlummerter!

O. P. S.

Biographie.

Paul Schmidt wurde am 18. Februar 1811, zu Altenschlirf, in dem Vogelsgebirge in Oberhessen, geboren, wo sein Vater, Michael Schmidt, als Lehrer stand. Schon in seiner Jugend zeichnete er sich durch Aufgewecktheit und Fleiß vortheilhaft vor seinen Mitschülern aus. Später besuchte er das Gymnasium zu Friedberg und die Universität Gießen. Die eigenthümlichen gespannten Verhältnisse, die in Hessen damals walteten, welche die bekannte Gießener Auswanderungs-Gesellschaft in's Leben riefen, verbunden mit einem innern Drang nach geistiger Thätigkeit, veranlaßten ihn im Jahre 1831, in den Vereinigten Staaten Nordamerika's ein größeres Feld für freies Streben zu suchen. Nicht um am selbstauferlegten Joche unersättlicher Mammonssucht zu ziehen, noch viel weniger

um im tollen Treiben eines mißleitenden Freiheits=
schwindels Weg und Ziel zu verlieren, und nach dem
Muster so Vieler, seine trefflichen Geistesanlagen und
sein ächtes deutsches Gemüth unter einem Berge trocke=
nem Materialismus zu vergraben, war er hierher
gekommen, sondern, obgleich er Deutschland Lebewohl
gesagt hatte, so blieb dennoch sein Herz wie sein ganzes
Wesen deutsch wie zuvor. Sein erster Blick und sein
erster Gedanke, als er den Boden dieses Landes betrat,
galt dem Deutschthum. Wie steht es mit deinen
Brüdern hier? das war die erste Frage. Und wie steht
es mit der deutschen Bildung und deutschen Sprache in
diesem Lande? Zwar sah er, daß in dieser Beziehung
noch viel, sehr viel nachgeholfen werden müsse, — aber
er hoffte auch daß nachgeholfen werden könne. Zu dem
Behufe mußten jedoch mehr Kräfte nachkommen, denn
die Deutschen waren noch in zu großer Minderheit.
Der Einwanderungslust war durch Dr. Duden's
Schriften, deren überschwängliche Schilderungen des
Landes den Leuten allmählig als ungeheure Uebertrei=
bungen bekannt geworden waren, ein großer Abbruch
gethan, und statt die Einwanderung zu heben, bezweckten
sie nunmehr das gerade Gegentheil. Um die durch

Duden's Schriften entstandenen irrigen Ansichten zu berichtigen, gab er bald nach seiner Ankunft eine Schrift „Ueber das Land und dessen Verhältnisse" heraus, worin er die Vortheile des Landes für deutsche Einwanderer klar darstellte, welches Buch in Deutschland vielfach gelesen wurde.

In Amerika angekommen, machte er den Staat Pennsylvanien zu seiner ersten Heimath. Mit Verwunderung und Wehmuth hörte er hier die deutsche Sprache, gehüllt in das buntscheckige Gewand des pennsylvanisch=deutschen Dialekts. Um seine liebe Muttersprache dort wieder zu säubern und zu heben, was nur durch Lektüre geschehen konnte, gab er in Pennsylvanien eine **deutsche Zeitung** heraus. Dasselbe that er auch in seiner zweiten amerikanischen Heimath, Ohio. Um aber neben der häuslichen Lektüre auch der Jugend behülflich zu sein, sich in der deutschen Sprache zu üben und um dem deutschen Schulunterricht nachzuhelfen, verfaßte er nun auch sein „Erstes Lehr= und Lesebuch für die deutschen Volksschulen in Nordamerika," erschienen in Pittsburgh im Verlag von Viktor Scriba, 1835. Dieses Buch erfreute sich bald einer hohen Gunst und vielfachen Verbreitung, und trug wesentlich zur

Hebung des Deutschen in den amerikanischen Schulen, wo, wie aus der Vorrede ersichtlich, das Deutsche fast im Aussterben begriffen war.

Während dieser Zeit unternahm Schmidt mehrere Reisen nach dem fernen Westen, wobei er auch die deutsche Ansiedlung zu Hermann, Mo., und die des ehrwürdigen Herrn Friedrich Münch bei Dutzow, in der Nähe von Washington, Mo., besuchte. Hier gefiel es ihm bald, weshalb er sich in Münch's Nähe ein Landgut ankaufte und häuslich niederließ. Später begab er sich nach Lexington, Ky., woselbst er als Musiklehrer thätig war.

Kurz vor dem letzten Kriege bezog er wieder seine Farm in Warren County, Mo. Welche Zerrissenheit unter den Bürgern des Staates Missouri damals herrschte, das weiß Jeder, der jene traurigen Zeiten dort verlebte. Nicht nur daß die Bevölkerung in nörd= lich Gesinnte und südlich Gesinnte getheilt war, sondern diese innere Uneinigkeit wurde noch durch umherstrei= fende Guerilla=Banden so mächtig erweitert, daß bald Niemand mehr seines Lebens und Eigenthums sicher war. In diesen aufgeregten Tagen und unter so gefahr= drohenden Verhältnissen wurde Schmidt zweimal zum

Sheriff-Amte erwählt, und ebenfalls zum Profoß-Marschall im St. Charles Bezirk ernannt, welchen Posten er mit großer Umsicht und Energie verwaltete. Es bedurfte eines scharf blickenden Mannes, der Kraft mit Klugheit zu verbinden verstand, um der ebenso gefährlichen als schwierigen Aufgabe gewachsen zu sein, seinen Mitbürgern Schutz und Sicherheit zu verleihen.

Die gewaltigen Anstrengungen und Mühseligkeiten, die mit den genannten Aemtern verknüpft waren, untergruben leider seine Gesundheit. Um sich nun zu stärken und um sich von den großen Strapazen zu erholen, beabsichtigte er im Jahre 1866 eine Reise nach Deutschland zu machen, aber seine zunehmende Körperschwäche ließ ihn nicht weiter kommen als nach Covington, Ky. Hier erwarteten den nunmehr Entschlummerten zehn bittere Jahre, indem seine Krankheit in eine langwierige und schmerzvolle Wassersucht ausartete.

Bei allem Leiden blieb jedoch sein Geist immer frisch und thätig und sein Herz offen für Jeden, der sich bei ihm Rath holen wollte. Vor allem aber blieb er bis an's Ende seiner Tage stets der lieben alten Muttersprache und dem deutschen Wesen und Gemüthe innig zugethan. Wie sehr freute er sich, als er sah, daß sein

Same nicht vergebens in den Boden gelegt war, daß deutsche Sprache, deutsche Bildung und deutsche Sitte sich auch hier ihre R e ch t e und ihre E h r e zu erringen wissen, und daß ihm, dem heimkehrenden Pionier, so mancher Andere folge auf der Kampfbahn, die ihm vor Allem theuer gewesen, und die weiter arbeiten werden am schönen Werk, wie H. A. Rattermann in Cincinnati, Ohio, der Redakteur des „Pionier"; Franz Löher in seiner „Geschichte und Zustände der Deutschen in Amerika"; Friedrich Münch (Far West) in seinen zahl= reichen und trefflichen literarischen Beiträgen fast auf allen Gebieten des amerikanischen Deutschthums; Gert Göbel in Washington, Mo., Verfasser des „Länger als ein Menschenleben in Missouri"; Friedrich Kapp, Autor der „Geschichte der Deutschen in New York"; Dr. Oswald Seidensticker in Philadelphia, in seiner „Geschichte der deutschen Gesellschaft" und seinen zahlreichen andern Schriften; Emil Klauprecht „Deutsche Chronik des Ohio= thales", und Andere.

Nachdem er auf solche Weise treu und redlich seine Lebenszeit benutzt und in den verschiedensten Lagen seine Aufgabe erfüllt hatte, ging er von Gattin, Kindern und

Freunden tief betrauert am 21. August 1876 ein zum Frieden.

Die nachstehenden Gedichte sind nur ein kleiner Theil seiner poetischen Arbeiten, entnommen den verschiedenen Lebensperioden des Verfassers. Sie waren von ihm selbst niemals für den Druck bestimmt. —

Zum Schlusse des Buches mag noch ein Gedicht folgen, das sowohl wegen seines historischen Werthes (es war verfaßt zur Feier des Ryswicker Friedens, 31. Oft. 1697), als auch wegen der für jene Zeit gewiß beachtungswerthen Einkleidung desselben, verdient der Nachwelt erhalten zu bleiben. Der Verfasser dieses Gedichtes war der Urgroßvater des Verstorbenen, Johannes Schmidt, zu jener Zeit Gerichtsschreiber in Altenschlirf, woselbst sich das Gedicht unter den Gerichts-Akten vorfindet.

Covington, Ky., 1. December 1878.

H. P. S.

Zueignung.

Motto: Meiner Jugend bunte Träume,
Meine Wonne, meinen Schmerz
Füllen dieser Blätter Räume,
Und die Quelle ist — das Herz.

Nach Kunst und Regeln mußt du hier nicht klügeln,
 Man wiegt nicht Worte, wo die Seele spricht
Im Mitgefühl wird sich ihr Bildniß spiegeln,
Der Krittler schaut hinein und sieht sie nicht.

Was du hier siehst, sind keine Treibhausblüthen,
Im glühenden Champagner-Rausch erzeugt.
Es ist umsonst an Wort und Schall zu brüten,
Wenn der Empfindung heil'ge Sprache schweigt:

Denn wer vermags dem Herzen zu gebieten,
Das nur von eig'ner Glut und Fülle zeugt?
Der Muse Lächeln läßt sich nicht erzwingen,
Zum Adlerflug gehören Schillers Schwingen.

Widmung.

An mein liebes Weibchen.

Wie? Du willst meine Lieder haben —
Die vielleicht, wenn man mich längst begraben,
Zeugen meines Grames sind?
Willst den Ton der schlaffen Saite hören
Und die wehmuthvolle Thräne stören,
Die nur im Verborg'nen rinnt?

Kann der Schwermuth Farbe Dich vergnügen? —
Ach! Du findest in den dunklen Zügen
Nicht der frohen Laune Bild;
Nicht die Freude die aus Deinen Blicken
Leuchtet und die mit Entzücken
Alles um sich her erfüllt.

Aber, sprichst Du, wer wird in den Tagen
Froher Jugend über Kummer klagen
Wenn des Lebens Frühling lacht?
Schwinden nicht des düstern Grames Falten
Und der Schwermuth trauernde Gestalten,
Wo der Unschuld Friede wacht?

Leider mußt' ich in den Blüthentagen
Meiner Jugend über Kummer klagen,
 Weil kein Frühling mir gelacht.
Nein, es schwinden nicht des Grames Falten
Und der Schwermuth trauernde Gestalten,
 Wo der Unschuld Friede wacht.

Aufwärts trieb mich frühe Wißbegierde:
Schon in meiner frühen Jugend irrte
 Ich im dunklen Labyrinth;
Wollte schon der Gottheit Macht erklügeln,
Seines Daseins Ursprung schon entsiegeln
 Als ein siebenjährig Kind.

Die Begierde, Wahrheit zu erringen
Und das ewig Dunkle zu durchdringen
 Folterte mich Tag und Nacht.
Ach! es rief ein guter Geist dem Tauben:
Wahrheit findest Du allein im Glauben,
 Glaube, und es ist vollbracht. —

Und so dreht auf immer gleiche Weise,
Wie das Mühlroß in dem engen Kreise,
 Sich Dein armer Mann umher.
Aufwärts zielt des armen Geistes Streben,
Doch es hängt sich an das kalte Leben
 Ueberdruß, wie Felsen schwer.

Darum mußt ich in den Blüthentagen
Meiner Jugend, über Kummer klagen,
　　Weil nur mir kein Frühling lacht;
Darum schwinden nicht des Kummers Falten
Und der Schwermuth traurige Gestalten,
　　Wo der Unschuld Friede wacht.

Ahnung.

Im düstern Waldgesträuche
  Lag ich, vom Gram besiegt,
Am Fuße einer Eiche
In Schlummer eingewiegt.
Hier, wo im Schöpfungsraume
Die Seele sich verlor,
Vernahm, im Ahnungstraume,
Dies Geisterwort mein Ohr:

„Umsonst sind deine Thränen,
Dein kummervoller Blick,
Nie führt dein heißes Sehnen
Was du verlorst, zurück,
Der Freude lächelnd Kosen,
Der Jugend Feenland —
Weh' dir! du bist verstoßen,
Aus seinem Kreis verbannt.

„Dir ward, statt wilder Freuden,
Ein warm und fühlend Herz,
Ich gab dir zum begleiten
Der Sehnsucht süßen Schmerz.
„Die Menschen zu verbrüdern,
Gab ich dir Hochgefühl:
Doch diesen Drang erwidern
Soll nur dein Saitenspiel.

„Und kehrt von allen Trieben
Der schönste bei dir ein:
Der süße Trieb zu lieben
Und treu geliebt zu sein;
Dann dulde, ohne Klagen,
Des ernsten Richters Spruch:
Denn trauriges Entsagen
Steht in des Schicksals Buch.

„Im Lande der Verklärten
Wird höh'res Glück gedeih'n,
Doch hier, nein hier auf Erden
Sollst du nicht glücklich sein.
Bald streift auch deine Blüthen
Der Feind des Lebens ab,
Dann schlumm're sanft in Frieden
Im mütterlichen Grab.

Leidens-Zweck.

O nein! nicht ganz vergebens
Sind Kummer, Angst und Müh';
Den höhern Zweck des Lebens
Erkennst du nur durch sie.
Im Unglück schlingt sich fester
Der Freundschaft lock'res Band,
Die Noth, der Duldung Schwester,
Reicht gern die Bruderhand.

Nicht seufzen und nicht klagen,
Wenn jede Stütze bricht,
Nein! schweigend zu ertragen,
Ist eines Christen Pflicht.
Wenn brausend Well' auf Welle
Tod und Vernichtung dreut,
Dann kämpft an seiner Stelle
Muth und Entschlossenheit.

Wenn mild der Himmel lächelt,
Und durch die Blumenflur
Ein Zephir Kühlung fächelt,
Erschlafft der Kräfte Spur,
 Nur wenn Orkane rasen,
Verheerend, schreckenhaft,
Durch Feld und Wälder blasen,
Ermannet sich die Kraft.

Dann schlägt das Herz am Herzen,
Dann sieht der Geist empor.
Wo sich die Wolken schwärzen —
Blickt oft ein Strahl hervor.
 Ein Strahl aus bess'ren Welten
Gewährt der Seele Licht:
Der Feige wird zum Helden,
Wenn Schmerz den Stab zerbricht.

Jugend-Gedichte.

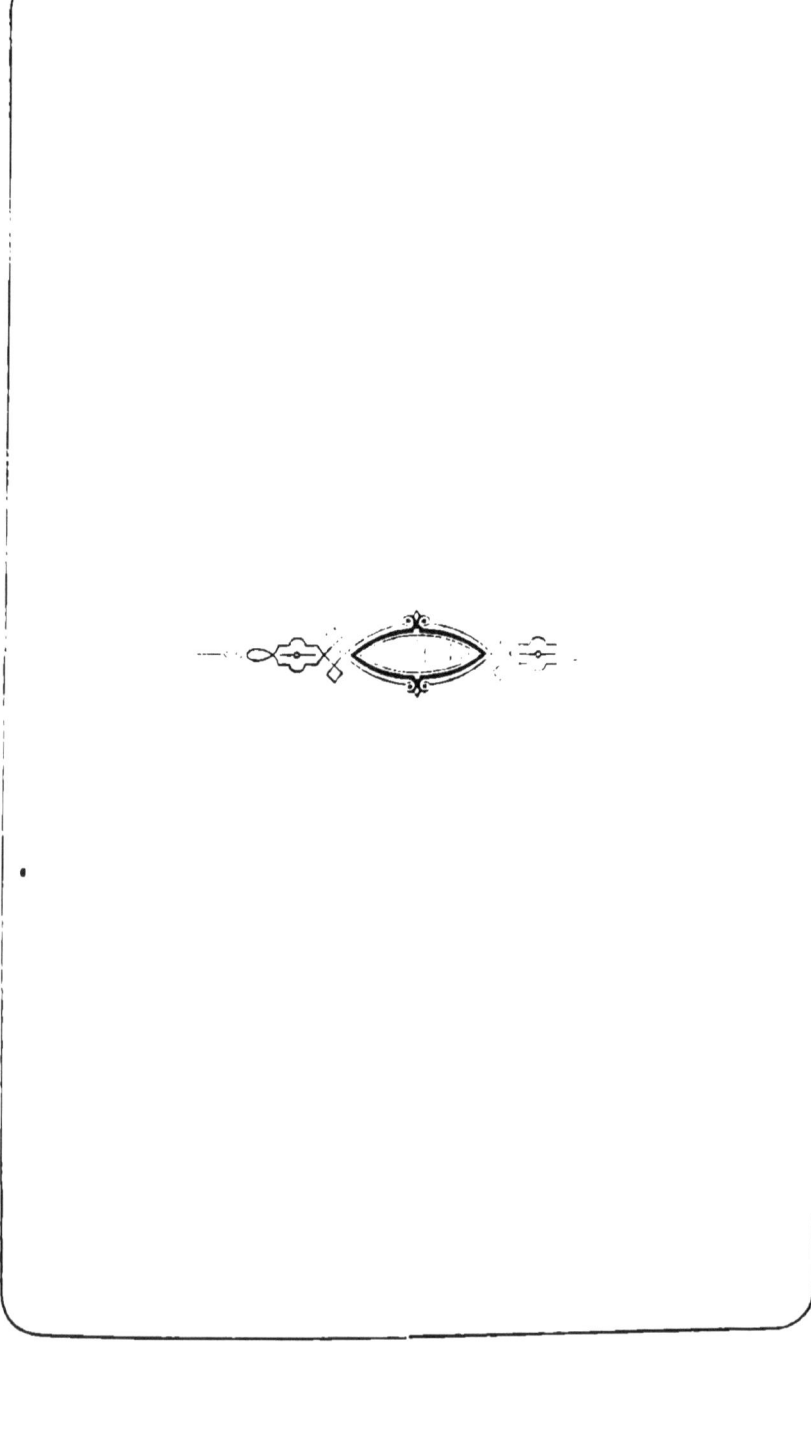

Die Aussicht.

(Idylle.)

Er: Schwesterchen, komm, laß uns gehen,
    Willst du wohl?
  Unser Lied klingt auf den Höhen
    Minder hohl,
  Dort von jenes Berges Rücken
  Laß uns in die Thäler blicken,
    Willst du wohl?

Sie: Brüderchen, ich bin's zufrieden,
    Ich geh' mit;
  Mußt dich nur vor'm Laufen hüten,
    Schritt vor Schritt.
  Laß uns auf den bunten Wiesen
  Auch des Blümchens Duft genießen,
    Das uns blüht.

Er: Danke dir für deine Lehre,
    Gutes Kind!
  O, für manches Schöne wäre
    Ich noch blind;
  Kronenträger würd' ich neiden,
  Wüßt ich nicht, daß unsre Freuden
    Reiner sind.

Sie: Siehst du, Bruder, jene Wälder
    Auf den Höh'n,
  Und die segensreichen Felder
    Drüben steh'n?
  Dort der Sonne Bild im Teiche,
  Hier die fruchtbelad'nen Zweige;
    Sieh' wie schön!

Er: Ja ich seh's, doch wahrlich ohne
    Dich mein Kind,
  Blies ich's wie dies Blatt der Bohne
    In den Wind.
  Jede Aussicht ist doch trübe
  Ohne Freundschaft, ohne Liebe;
    Glaub' mir's Kind!

Beruhigung.

Mein Geist ermuntre dich!
 Blick in die frohe Ewigkeit,
Wo alles Leiden dieser Zeit
In Freude wandelt sich.

Was helfen Weh und Ach!
Durch laute Klagen kommen dir
Die Leiden nur viel schwerer für,
Mehrt sich dein Ungemach.

Drum halte ruhig still!
Und wär' dein Schicksal noch so schwer,
Macht's doch Geduld erträglicher,
Und bringt dich froh zum Ziel.

Die Zeiten ändern sich.
Es wechseln Stunden, Tag und Jahr,
Und wer noch heute elend war,
Preist morgen glücklich sich.

Wie oft sprach ich zu mir:
Ach, Herr, es ist um mich gescheh'n,
Ich Armer, muß zu Grunde geh'n,
Kein Retter zeigt sich mir!

Und in der größten Noth
Wo jeder Hoffnungsanker wich,
Mir Todesschweiß die Wangen blich,
Sah ich hinauf zu Gott.

Und Er verließ mich nie;
Denn stets hat seine Vaterhand
Das Unglück gnädig abgewandt:
Vergiß, mein Herz, dies nie!

Wer Gott allein vertraut,
Dem Vater, der so zärtlich liebt,
Sich ohne Vorbehalt ergiebt,
Hat nicht auf Sand gebaut.

Dies sei mein Trost, mein Muth.
Wenn alle Unglücksstürme weh'n,
Will ich getrost gen Himmel seh'n;
Ich weiß, Gott meint's doch gut.

Morgen.

Im grauen Osten funkelt
  Ein matter Strahl empor,
Der Sterne Glanz verdunkelt
Ein lichtgewebter Flor.
Es glänzt im goldnen Widerschein
Des Morgenroth's der Fichtenhain.

Schon zwitschert in den Wäldern
Der Vögelchor sein Lied.
Der Landmann eilt den Feldern
Mit Singen zu. Es zieht
Beim Flötenton der Schäfer dort
Mit seiner Heerde fröhlich fort.

Wenn nun im Lichtgewande
Die falben Wolken flieh'n;
Wenn hoch auf Bergesrande
Des Tages Königin
Mit segensvollen Blicken schwebt
Und jedes Wesen neu belebt,

Dann sinkt mein Geist im Staube
Am Thron der Allmacht hin:
Und lebhaft wird mein Glaube,
Daß ich unsterblich bin.
Ich fühle schon in dieser Zeit
Das Wehen der Unsterblichkeit.

Abend.

Aus reinen Lüften steiget,
 Der Abend auf die Flur.
In heil'ger Stille schweiget
Die schlummernde Natur.
Des blauen Himmels Sternenzelt
Umschimmert unsre schöne Welt.

Im sanften Dämmerlichte
Glänzt Luna's sanfter Schein,
Dort über jener Fichte,
Am grünen Schattenhain,
Der Abendröthe letzter Glanz
Hüllt Berg und Wald in Purpurkranz.

In millionen Funken
Am großen Himmelssaal,
Erblick ich, wonnetrunken,
Noch Welten ohne Zahl.
Und jedes Sternchen ruft mir zu:
„Hier wohnen Brüder so wie du."

Und in den dunkeln Fernen,
Die nie ein Blick erspäht,
Hoch über allen Sternen
Wohnt Gottes Majestät. —
Ach, unsrer Weisheit Dämmerlicht
Umfaßt der Allmacht Grenze nicht.

Vergiss mein nicht.

Gestützt an eine Thränenweide
  Sann ich dem Traum des Lebens nach,
Und in der Leyer zarter Saite
Erklang des Sängers leises Ach!
Als plötzlich eine Stimme spricht:
  „Vergiß mein nicht!"

Ich sah mich um: Ha! wie entzückte,
Was hier mir in die Augen fiel!
Mit einem Blüthenkranze schmückte
Ein Genius mein Saitenspiel,
Und singt, indem den Kranz er flicht:
  „Vergiß mein nicht!"

Soll ich den Genius dir nennen?
Du, du bist's, schöne Künstlerin,
Und frei soll bir mein Mund bekennen,
Daß ich dir ewig dankbar bin;
Dein warmer Freund, wenn Alles bricht,
  Vergißt dich nicht.

Das Vaterunser.

Vater aller Wesen, aller Zeiten,
 Aller Himmel Angebetener!
Engel, Heil'ge, Weise, wilde Heiden
Nennen Dich Jehovah, Gott und Herr.

Unbegreiflich hoher, unergründlich
Und den Sinnen Unbegreiflicher!
Deine Macht und Weisheit ist unendlich,
Ach! und ich nur ein Verblendeter.

Doch Du strahlest Licht auf meine Pfade,
Daß ich prüfe, was das Beste sei;
Schicksal und Natur führst Du im Rade,
Willen und Gewissen läßt Du frei.

Nicht auf diese kleine Welt beschränket,
Herr des Himmels, Deine Allmacht sich;
Tausend Sonnen, tausend Welten lenket
Deine Hand, und Engel preisen Dich!

Laß mich Schwachen nie mit Donnerkeilen
Deiner Macht, dem Glaubens Irrthum dräu'n,
Nie mich im Verdammen übereilen,
Nie der Rächer Deiner Feinde sein!

Stütze mich, o Gott, mit Deiner Gnade,
Wenn ich auf dem rechten Wege bin:
Wenn ich irre auf dem Tugendpfade,
Leite Du mein Herz zur Wahrheit hin.

Gib, daß fremdes Weh mein Herz erweiche,
Laß mich hülfreich dem Bedrängten nah'n,
Und wie ich Barmherzigkeit erzeige,
Laß auch mich Barmherzigkeit empfah'n.

Gib mir heut ein Stückchen Brod im Frieden,
Denn wozu bedarf ich Ueberfluß?
Deine Weisheit, Vater, hat entschieden,
Was zum wahren Wohl mir dienen muß.

Klein bin ich, doch fühl ich meine Höhe,
Weil mich Deiner Gottheit Hauch durchweht.
Zeige mir, daß, wo ich immer gehe,
Tod und Leben warnend vor mir steht.

Warnend ruft mir des Gewissens Stimme,
Wenn ich wanke, wenn ich Böses thu',
Brennt den Sündigen mit Höllengrimme,
Weht mir Himmelsluft im Guten zu.

Du, deß' Tempel über Raum und Zeiten,
Dessen Altar Erd und Himmel ist,
Dem Natur, die Priesterin der Zeiten,
Weihrauch in die Opferschale gießt:

Deine Segnung, Deine Vatergüte,
Laß sie nicht an mir verloren sein.
Nur ein frommes, dankbares Gemüthe
Und Gehorsam forderst Du allein.

Empfindungen am Meeresstrand.

Endlich, endlich! ach wie oft
 Wünscht ich dich zu sehen;
Und nun steh ich seufzend da,
Deine Fluth verwehrt mir ja
Weiter fort zu gehen.

Sieh, dort schwankt ein weißer Mast
In den blauen Höhen.
Wär' ich dort, ach wär' ich dort!
Lehrte doch ein Zauberwort
Auf dem Meer mich gehen.

Ach, umsonst, ich muß zurück,
Hin wo Elend wüthet!
Möchte weinen, daß kein Freund
In der Fremde mir erscheint
Und die Hand mir bietet!

Guter Gott! Allein zu sein
Auf der weiten Erde!
Bin ja auch ein Kind von Dir,
Ach, und dennoch wehrst Du mir,
Daß ich glücklich werde.

An Sie.

Gewähret einst der Vater aller Güte
    Dem wildbewegten Herzen Ruh und Friede,
Dann will ich deiner Lehren und Geschenken
    gewiß gedenken.

Du bist so gut; die Menschen sind so böse,
Du bist so groß, und kennst nicht deine Größe:
Gott gebe mir, wenn ich mich selber quäle,
    den Frieden deiner Seele.

Mich schleudert fort und fort das Weltgetriebe,
Gott gebe mir dein reines Herz voll Liebe,
Daß ich im Wechsellauf der eitlen Dinge
    nur dies erringe.

Du lehrtest mich das Ziel des Christen kennen,
Ich hörte dich den Freund der Menschen nennen:
Dein Fingerzeig, Gott weiß, er kann nicht trügen,
    er kann nicht lügen!

H. K's Tod.

In stiller Wehmuth, sanfter Trauer,
Umweht von der Verwesung Schauer,
Steh'n wir um unsrer Freundin Sarg.
Mit Thränen sehen ihre Brüder
Auf die erblaßte Leiche nieder,
Bald auf den Ort, der sie verbarg.

Und sollten wir des Schmerzes Zähren
Um die erblaßte Schwester wehren,
Die uns der Tod zu früh entrückt? —
Nein, Thränen sind der Liebe Zeugen;
Wie könnte die Empfindung schweigen,
Wenn unser Auge hierher blickt.

Oft schüttelt mit des Sturmes Wüthen,
Der Tod die Knospen und die Blüthen,
Der hoffnungsvollen Jugend ab.
Des freudenlosen Lebens müde,
Wird erst dem Greise Ruh und Friede
Im stillen, sanften Muttergrab.

Doch nicht in rascher Jugend Fülle,
Nicht in des Alters morscher Hülle,
Fand sie der letzte Stundenschlag:
Ach nein, in den beglückten Jahren,
Wo Kräfte sich mit Weisheit paaren,
Erschien ihr letzter Lebenstag.

Sie fühlte nie die heißen Triebe
Der Mutter- und der Gattenliebe
In aufgeblühter Kinderschaar.
Doch zeugen laut das stille Sehnen
Der Brüder und der Schwestern Thränen,
Was sie in ihrem Kreise war.

Gleich nachbarlichen Ulmenzweigen
Die nach und nach die Wipfel neigen,
Und endlich fest verschlungen steh'n,
So war auch hier auf gleiche Weise
Im glücklichen Geschwisterkreise
Der Eintracht schönstes Bild zu seh'n.

Wohl ihr! sie ist der Noth entschwunden,
Sie hat das schöne Ziel gefunden,
Nach dem ihr Glaube hier geschaut.
Auch uns wird einst, nach langem Weinen,
Die Sonne der Erquickung scheinen,
Wenn jenseits unser Morgen graut.

Nicht ewig soll die Prüfung währen,
Bald trocknet uns des Jammers Zähren
Der Vater von den Augen ab.
Zur Freude ist der Mensch berufen,
Doch führen zur Vollendung Stufen
Durch Leiden, Elend, Tod und Grab.

Und wenn auf diesem öden Wege
Uns tiefer Gram zum Guten träge,
Und fühllos für die Freude macht,
Dann blickt der Geist in süßen Träumen
Hin nach den himmlisch schönen Räumen,
Wo Annen's holder Engel lacht.

Trägheit und Müssiggang.

Meinem hochgeachteten Lehrer, dem Herrn Seminar=Director Prof. Dr. Roth in Friedberg unterthänigst gewidmet.

Publizirt am 20. Mai 1828 in der Frankfurter „Didaskalia."

Motto: „Das Grundübel all' unserer Verhältnisse ist die Trägheit. Wenn die Menschen klarere Begriffe vom Wahren und Richtigen hätten, wäre Vieles besser und diese klaren Begriffe wären sicherlich vorhanden, wenn die große Masse nicht zu träge wäre zu denken. Die Wenigsten sind von Natur dumm, die Meisten sind zu träge, ihr Begriffsvermögen zu entwickeln. Sehr häufig bedarf es bei Solchen nur der ersten Anregung, sie aus ihrer lethargischen Trägheit zu rütteln und zu denkenden Menschen zu machen, und man sollte sich's daher nie verdrießen lassen zu versuchen, auch den anscheinend Dummsten zu überzeugen. Oft gleicht die Wirkung der eines einzigen Funken, der in einen Haufen Streu fällt."

Du preisest mir, mit schönen Zügen,
 Der Arbeit herrliches Vergnügen,
Den hohen Werth des Fleißes an.
Kann das, was deine Worte sagen,
Kein höhrer Grund darnieder schlagen,
Dann nährt' ich lange eitlen Wahn.

Du nennst die Arbeit Gottes Segen:
Ich aber nenne sie entgegen
Der Menschen Plage, Gottes Fluch.
Laß uns die Bibel drüber hören,
Und wessen sie uns wird belehren,
Das sei für dich und mich genug.

Kaum war der Unschuld Schleier gelüftet,
Das erste Menschenpaar vergiftet
Da zeigte sich der Armuth Spur;
Da nähte Adam Feigenblätter,
Da suchte Eva sich den Retter
Im Arme ihres Mannes nur.

Da schuf der Fleiß sich Keul' und Schwerter,
Der Bauer Kain ward nun zum Mörder
Und Abel fiel von Brudershand,
Als Gottes Fluch der Mörder spürte,
War's Angst die ihn zum Stadtbau führte,
Schutz suchend, weil er Furcht empfand.

Trotz der Eghpter regem Fleiße
Erwählte Gott zu seinem Preise
Sich Israel's Nomadenstamm;
Und daß die Arbeit sich nicht brüste,
War es Gott selbst, der in der Wüste
Sie zu versorgen auf sich nahm.

Kein Bau'r noch Künstler ward berufen,
Dem Volk des Herrn auf allen Stufen
Der Reinigung voranzugeh'n;
Auf daß er Israel's Retter würde
Ward Moses als ein stiller Hirte
Vom Herrn im Busche auserseh'n.

Damit Isais jüngstem Sohne
Auf seinem künft'gen Königsthrone
Das Ideal der Ruhe blieb,
Ließ ihn der Herr die Schaafe hüten:
Nur bei der Harfe stillem Frieden,
War Gott ihm nah und innig lieb.

Siehst du den frommen Täufer dorten!
Wie er an gräulich öden Orten,
Mit Gott den ernsten Umgang pflegt?
Sein Feuergeist wirkt kühn und kräftig
Und seine Seele ist geschäftig,
Obgleich sich Hand und Fuß nicht regt.

Doch laß uns, Lieber, weiter gehen,
Und Jesum, den Erlöser, sehen,
Sprich, wo und wann wird er dir lieb?
Doch nicht wo er den Eltern diente;
Nein, da, wo er uns Gott versühnte
Und einsam im Gebete blieb.

Hör ihn, wie er dort Martha schmälet,
Daß sie mit Sorg und Müh' sich quälet,
Indeß Maria müssig bleibt,
Sie hat das beste Theil erwählet:
Denn glaubst du wohl, daß dem was fehlet,
Der sich mit Gott die Zeit vertreibt?

Die Arbeit ist nur Bürgertugend,
Die Staatsmaxime von der Jugend
Und ihrem starken Arm erheischt.
Sie hat das Mein und Dein geschaffen,
Sie macht den Menschen nur zum Affen,
Zum Raubthier, das sich selbst zerfleischt.

Allein, sprichst du, was soll geschehen,
Wird nicht die Ordnung untergehen,
Wenn Kein's die Hand dem Andern reicht?
Wird nicht der Mensch sich selbst zerstören,
Das alte Chaos wiederkehren,
Wenn Niemand Lust zum Wirken zeigt?

O Freund! wenn irdisches Getriebe
Dem höhern Zweck der Gottesliebe
Als zweiter Nachsatz nur gehorcht,
Dann wird ein mobilé entstehen,
Das seines edlen Zieles Höhen
Nicht von dem Egoismus borgt.

Sobald der Mensch als Zweck betrachtet,
Das, was als Mittel nur geachtet,
Zum höhern Zwecke führen kann;
Sobald der Mensch dies eitle Streben,
Das Gott ihm nur zum Fluch gegeben,
Aus thier'scher Inbrunst lieb gewann.

So mußten alle bittern Wehen
Aus dem getrübten Quell entstehen,
Der nur verzerrte Bilder weist.
Die Menschheit liegt in Kindesnöthen,
Die mit Gott lästernden Gebeten
Um glückliche Entbindung kreist.

Ich könnt' mit hundert Kraftbelegen
Die Hypothese widerlegen,
Daß Arbeit Gottes Segen sei:
Allein, wozu Systeme stützen,
Die weder dir noch mir was nützen,
Wozu der schönen Schwärmerei?

Ich mag das Bild nicht weiter malen,
Ein andrer mag sich müde prahlen
Ihm sei die Arbeit Glück genug;
Ich will, so lang ich muß, die Plagen
Des Lebens ohne Murren tragen,
Als Gottes schwer verhängten Fluch.

A. B. C.

Auf der weiten Erdenrunde
Findest du nicht Ruh noch Rast,
Ewig brennt die Herzenswunde
Bis du dich vom Sündenbunde
Ernstlich losgerungen hast.

Brächte dir ein Weltgebieter
Alle Schätze zum Genuß;
O, die Sünde zieht dich nieder
Und dir mangeln alle Güter,
Wenn die Seele darben muß.

Christen haben auf der Erde,
Nichts was in die Augen fällt.
Und durch mancherlei Beschwerde
Führt ihr himmlischer Gefährte
Sie zum Schau'n der bessern Welt.

Fatum.

Wenn um den Stamm der königlichen Eiche
  Der schwache Weinstock seine Ranken schlingt
Und sein Gewinde bis zum höchsten Zweige,
Gepflegt vom warmen Strahl der Sonne bringt.
Dann blickt er stolz hernieder auf's Gesträuche,
Die linder West zum tiefen Schwanken bringt,
Und achtet nicht im Schutz des mächtig Hohen,
Der Stürme Wuth, des Ungewitters Drohen.

Doch sieh, es naht im fürchterlichen Schweigen,
Die grauenvolle wetterschwangre Nacht,
Herauf gewälzt in ungeheuern Schläuchen
Naht dunkles Grau'n in schauervoller Pracht.
Erschüttert ahnet seines Frevels Zeugen
Der Bösewicht, wenn nah der Donner kracht.
Geheimnißvoll im schwarzen Dunkel schreitet
Verhängniß, — das auf seine Opfer deutet.

Und schrecklich flammender Vernichtung Zacken,
Verheerung bricht aus schwarz verhüllter Gluth.
Und der Verzweiflung grasse Bilder packen
Und lähmen schnell des Gottesleugners Muth.
Lang schaut er auf, denn über seinem Nacken
Sprüht Aetnaströme des Verderbers Wuth.
Doch schonend geht des Rächers Arm in trüber
Gewitterwolke warnend ihm vorüber.

Nur dort, wo in dem dichten Blätterschatten
Des starken Baums, der müde Pilger Ruh,
Und Hirt und Heerde Schutz gefunden hatten,
Wo aufwärts, dem erhöhten Gipfel zu
Die Rebe flüchtend stieg, und ihre matten
Geringten Zweige bog, dort zuckt's im Nu
Ein Strahl herab und knickt im raschem Wüthen,
Des Weinstocks Haupt, und Blätter, Zweig und Blüthen.

See-Gedichte.

Fahrt auf der Weser.

Motto: Schau um dich her, du siehst in weiten Fernen
Nur Wasser und des Himmels Spur,
Doch schau hinauf, dort über jenen Sternen,
Dort wohnt der Vater der Natur!

Rings umwallt von weißbeschäumten Wogen
Und vom Hauch der Lüfte fortgezogen,
Gleitet ruhig schwebend wie der Friede
„Amphidrite."

Nach den Wolken streben ihre Masten,
Tief im Raume ruh'n die schweren Lasten,
Und in Höh' und Tiefe wimmeln ihre
Passagiere,

Die sich an des Vaterlandes Plagen
Satt geseh'n und übersatt getragen,
Und dem Sklavenjoche zu entfliehen,
weiter ziehen.

Tagesanbruch.

Dunkel ruht auf den empörten Fluthen,
Höher schwimmt des reinen Aethers Blau,
Und des frühen Morgens Rosengluthen
Ueberschleiert dichter Wolken Grau.
    Und mit Grausen
      Hör ich Sturmessausen;
Furchtbar schwankt des Schiffes hoher Bau.

Und ich schaue freudig in die Höhe:
Deine Liebe, Vater, sieht herab,
O, ich fühle, ahne Deine Nähe,
In dem Aether, in der Fluthen Grab.
    Nimmer klagen
      Will ich; nie verzagen,
Bricht auch meiner Hoffnung letzter Stab!

Sonnenaufgang.

(**Windstille**.)

Glüh'nde Masten
　Tauchen aus dem tiefen, nassen,
Blauen Element herauf.
　Morgenlüfte säuseln,
　Sanfte Wellen kräuseln
Um der „Amphibrite" Lauf.

Tiefes Schweigen,
Dunkelgraue Wolken steigen
Auf am blauen Firmament;
　Und Delphinenschaaren
　Spielen in dem klaren
Leisbewegten Element.

Dunkel, grauer
Wird der Himmel. Streifen grauer
Wolkenschatten mischen sich;
　Aus den Fluthen blitzen
　Und aus Wolkenritzen
Opferflammen feierlich.

Vögel streichen,
In den weiten Wasserreichen,
Wiegend auf der Morgenluft.
    Freudiges Erwarten
    Schwellt die Brust des Barden,
Titan steigt aus Meeresgruft.

Morgengedanken.

(Vor einem heftigen Sturm.)

Neblicht trübe
　Ruht der Morgen
Auf der dunkeln Meeresfluth.
　　Und Aeolus
　　Zieht den grauen
　　Wolkenschleier
Um Aurora's Rosengluth.

Weste ziehen tiefe Furchen,
Gähnend schwellt der Ozean:
　　Und der Seeman
　　Sieht mit Sorgen
　　Der Gefahren
Warnende Verkünder an.

Tief im Raum
Ruht im Schlummer
Eingewiegt ein bunter Schwarm,
　　Und Matrosen
　　Schnarchen ruhig
　　Auf den bloßen
Dielen in des Schlafes Arm.

Dank Dir Lenker in der Höhe,
Der die Zukunft uns verhüllt.
  Wehe, Wehe!
  Wer vermessen
Diese hohe Weisheit schilt!

Güte, die Du Alles füllst,
  Warum sollt' ich
  Zagend beben,
Wenn Du dieses dunkle Leben
Höhern Freuden weihen willst!

Sonnenuntergang.

(Völlige Windstille.)

Der Sonne Purpurgluthen
Verschmelzen in den Fluthen
Vom tiefen Ozean.

Ich kann mir's nicht verbergen,
Von grünbelaubten Bergen
Sieht sich dies Schauspiel schöner an.

Ich blicke mit Vertrauen
Im Geist nach jenen Auen,
Wo Glück und Freiheit blüh'n.

Ich will nach jenen Gründen,
Um Ruh und Glück zu finden,
Natur an deinen Busen flieh'n.

Nachtgedanken.

(Unfern der Küste von Neu=Fundland.)

Horch! im weiten Raume waltet,
      tiefes Schweigen,
Schwarze Wetterwolken steigen
Auf am Horizont;
      Keine Sterne
Schimmern aus der Ferne,
Und die Dunkelheit verbirgt den Mond!

Aus der Oede, dumpf verkündet,
      nahen Stürme,
Und die letzte Helle schwindet
Vor dem schwarzen Heer.
      Silberflimmer
Zieh'n im bleichen Schimmer,
Hüpfend mit im Wellentanz durch's Meer.

Von des Tages Last und Mühe
      losgewunden,
Ruht im hohlen Raum dort unten
Eine große Schaar;
      Träumen süße
Sich im Paradiese,
Ahnen nicht die Nähe der Gefahr.

Aber aus dem wirren Knäuel
      löst sich schweigend
Mancher Freund der Nacht. Am Seile
Festgeklammert, sieht
      er die hohen
Meereswogen drohen,
Bis der Morgenstrahl im Osten glüht.

Sehnsucht nach dem Lande.

(100 Meilen von Neu-Fundland.)

Da bist du ja, du liebe Sonne wieder,
   So hold, wie ich dich gestern sah,
Blickst freundlich auf die Wasserwüste nieder,
   Und leuchtest nach Amerika.

Wir folgen dir auf deinem großen Zuge
   Du liebe, gute Sonne, du!
Voll Sehnsucht seh'n wir deinem Himmelsfluge
   Von unserm Wasserhause zu.

Dort wo du sinkst, dort soll die Freiheit blühen;
   Dort soll des Lebens Glück gedeih'n;
Dort wollen wir ein neu Geschlecht erziehen,
   Und deines Segens würdig sein!

Lootse am Bord.

Sklaven kriecht aus euren Höhlen,
Wo der Fluch euch hingebannt!
Grüßt mit jubelvollen Kehlen
Ihn, den Mann von Gott gesandt.
Seht die Wimpel ausgespannt,
Den gebeugten Muth zu stählen.
Unsere Schuld ist abgebüßt;
Tag der Freude sei gegrüßt!

Chor:
    Den gebeugten Muth zu stählen,
    Hat dich Gottes Huld gesandt,
    Sei gegrüßt mit Mund und Hand
    Von den schwer geprüften Seelen.

Freundlich grüßend naht der kühne
Führer nach Amerika,
Mit der heitern Rettungsmiene
Steht der Mann des Friedens da.
Denn der liebe Vater sah
Nieder von der Sternenbühne,
Und er sprach mit Vaterhuld:
„Ausgetilgt ist jede Schuld."

Chor:
Nieder von der Sternenbühne
Blickte Gottes Vaterhuld,
„Ausgetilgt ist eure Schuld,
Abgebüßt durch eure Sühne."

Enden werden Schimpf und Klage,
Ruhen wird der Henker Hand;
Und die Hoffnung bess'rer Tage
Grenzt an der Verzweiflung Rand.
Von dem Jammer abgewandt,
Schweigt der Schmerz, verstummt die Klage.
In der Freude Uebermuth
Ruft der Sünder: Gott ist gut!

Chor:
Es verstummen Schmerz und Klage
In der Freude Uebermuth.
Gott ist gut, ja, Gott ist gut!
Tönt's an unserm Freudentage.

Zitternd rollt die Freudenthräne
Auf die bleiche Wange hin;
Und die jubelvolle Scene
Löst den Schmerz der Dulderin.
Laßt uns dankend niederknien,
Väter, Mütter, Töchter, Söhne;
Und von kindlichem Gefühl
Töne unser Saitenspiel.

Chor:
Ja, mit kindlichem Gefühle
Beten wir, o Gott, zu dir,
Weihen Dankesthränen für
Unsere Rettung, an dem Ziele.

Von der hohen Zinne nieder
Leuchtet uns des Pharus Licht,
Und der Blick der schwarzen Brüder
Lächelt uns voll Zuversicht;
Und der Flug der Freude bricht
Wie ein Strom die Schranken nieder,
Auf zum blauen Himmel tönt
Unser Ruf: Gott ist versöhnt!

Chor:
In dem Land der freien Brüder
Jubeln wir: Gott ist versöhnt!
Nur der Dulder wird gekrönt!
Tönt's vom blauen Himmel nieder.

Weiter sind des Schiffes Flügel
In die Lüfte ausgespannt,
Aus dem blauen Fluthenspiegel
Steigt das neue Vaterland.
Eines güt'gen Gottes Hand
Leitet unsers Schicksals Zügel,
Und es hebt der frohe Chor
Hand und Herz zu Gott empor.

Chor:
Hand und Herz zu Gott erhoben
Grüßen wir das freie Land,
Danken laut mit Herz und Hand
Ihm, dem lieben Vater droben!

See-Scene.

(Atlantischer Ocean. Geschrieben in der Morgendämmerung
beim Nachlassen eines heftigen Sturmes.)

Hell leuchtet die Sichel des Mondes herab,
 Hoch rauschen die Wellen,
 Sie sinken und schwellen,
Und schleudern das Schiffchen hinauf und hinab.

Hehr funkeln die Lichter des himmlischen Doms
 Und hüpfend entsteigen
 Die schimmernden Zeugen
Des heiligen Dunkels, den Wogen des Stroms.

Und Wolkengebirge umsäumen das Blau,
 Es fängt an zu tagen,
 Der Hundsstern und Wagen
Erbleichen im Schimmer vom dämmernden Grau.

Fahrt in den Delaware.

Wenn man nach 11 langen Wochen, die man zwischen Himmel und Meer schwebend, zugebracht hat, nur ein grünes Fleckchen Land erblickt, wie geneigt ist dann die Phantasie sich ein Paradies daraus zu bilden!

Hüttchen am Ufer,
Herbstliche Flur,
Ueberall nur
Spuren der schaffenden Menschennatur;
Lachende Scenen,
Weidende Heerden
Anmuthig mild.
Wogende Nebel steigen empor;
Aber die Sonne zerreißt den Flor,
Und bestrahlt mit lieblichem Blick
Das ruhende Herbstgefild.

Glückliches Land!
Kinder der gütigen Mutter Natur.
Eintracht und Friede und Mäßigkeit blühen
An eures Stromes gesegnetem Strand.
Dreimal gesegnetes
Glückliches Land,
Biete den rettenden
Schützenden Busen den kommenden Brüdern.

Vermischte Gedichte.

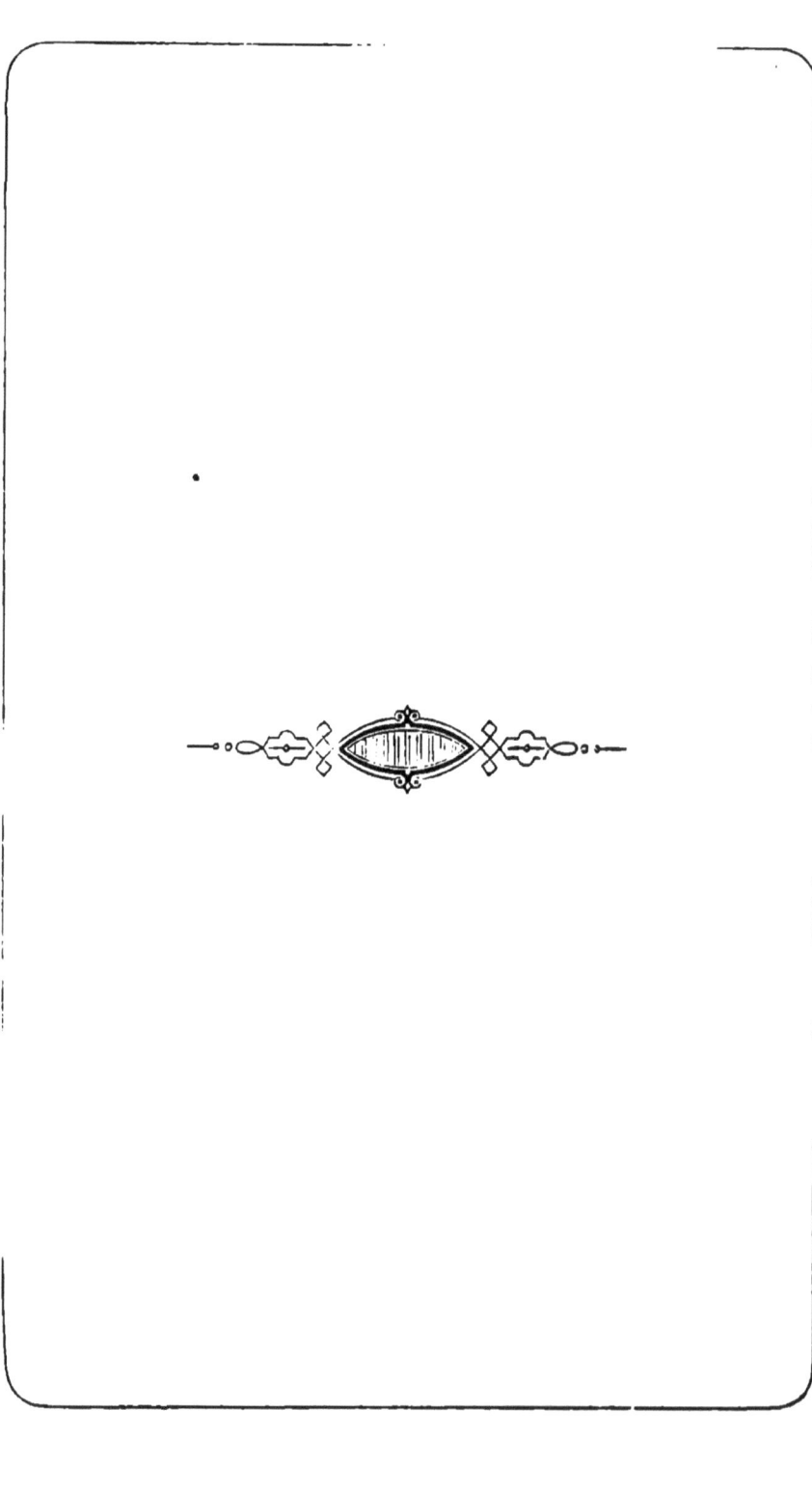

Aus meiner Klause in Ohio.

Ihr, meine Lieben in der Stadt,
  Bedau'rt wohl meine Lage:
Wahr ist's, man wird der Ruhe satt,
Sowie der Feiertage.
Es ist auf uns'rer bunten Welt
Nichts, das dem Menschen stets gefällt,
Spricht Salomon der Weise.

Allein die liebe Einsamkeit
Hat dennoch ihren Nutzen;
Man kann hier ohne Schüchternheit
Sich baden oder putzen.
Setzt dann zum lodernden Kamin
Sich auf zwei lock're Sessel hin
Und schmaust gebrat'ne Aepfel.

Hier ist das Elend eurer Stadt
Ein unbekanntes Wesen;
Man kriegt vom windigen "Piatt"
Kein Ticket hier zu lesen.

Kein Hetzhund der Gerechtigkeit
Durchschnüffelt meine Einsamkeit
For counterfeited paper.

Hier quält kein Mensch sich früh und spat
Mit bittern Nahrungssorgen;
Wer heute satt zu essen hat,
Der fragt nicht nach dem Morgen.
Der Hunger treibt die Leute nicht,
Wie's häufig in der Stadt geschicht,
Von einem Haus zum andern.

Man sieht kein Armenhospital
Und keinen Armenpfleger.
Die Frau besorgt ihr Mittagsmahl
Selbst, ohne Magd und Neger.
Hier wird kein elternloses Kind;
Von Menschen die des Teufels sind,
Dem Hunde gleich gehalten.

Hier schmeckt die Nase nicht den Duft
Von Koth und faulen Eiern;
Hierher kommt nie ein fauler Schuft
Den Marktpreis zu vertheuern.
Zufrieden geh'n die Schweine hie
Im Wald umher und werden nie
Von Bauern todtgefahren.

Auch Betteleien jeder Art
Sind unbekannte Dinge;
Kein wildes Thier wird aufbewahrt,
Kein Gaukler macht hier Sprünge;
Man klebt nicht Zettel an die Wand,
Und prellt den Pöbelunverstand
Nicht frech um sein Vermögen.

Kein Trunkenbold und Schwelger wird
Auf meiner Burg gespüret,
Kein Schmidt mit Fiedlern umgeführt.
Kein Perret visitiret.
Hier nähm kein Neger unserm Lapp
Den Flannel von dem Kasten ab
Und ging damit zum Teufel.

Hier gibt es keinen Doctorkrieg;
Kein dummer Gurgelschneider,
Kein Dreck — und Barbier prügeln sich
Wie feige Bärenhäuter.
Auch zanken sich die Leute nie
Wie in der Stadt, um Dinge, die
Sie alle nicht verstehen.

Ich weiß von keiner Prahlerei
In meiner stillen Klause;
Wer größer oder kleiner sei,
Ist mir die dümmste Flause.

Sei groß, sei weise immerhin,
Es steht in seinem tollen Sinn
Der Thor doch immer höher.

Kein fürchterliches Sündennest
Kann hier der Teufel hegen,
Der Schwärmereien heil'ge Pest,
Darf hier sich nimmer regen.
Die reine Luft durchströmt das Blut,
Und durch Beschäft'gung wird die Gluth
Der Leidenschaft gezügelt.

Die Unverschämtheit treibt ihr Spiel
Hier nicht am hellen Tage,
Kein Bube ohne Ehrgefühl
Wird mir zur bittern Plage.
Ich bin allein und freue mich,
Daß ich es bin, doch sehne ich
Mich oft zu euch ihr Lieben.

Oft führt mich die Erinnerung
Nach eurer Stadt zurücke,
Dann denk' ich mit Erbitterung
An all die Bubenstücke
Der Schwärmerei, der heil'gen Wuth,
Und der Verläumbung dieser Brut,
Und weine bittre Thränen.

Leicht ist der Ruf der Heiligkeit
Bei diesem Volk verdienen,
Allein wo ist die Menschlichkeit,
Die Liebe unter ihnen?
Sie schmeicheln euch in's Angesicht,
Doch dreht den Rücken, nun so sticht
Ihr Dolch euch nach dem Herzen.

Dort ist es Mode fromm zu sein,
Zum wenigsten zu scheinen,
Drum hört ihr früh und spät das Schrei'n,
Das Heulen, Winseln, Weinen;
Den Sinnentaumel füttern sie
Durch nervenschwache Sünder, die
Sich für begeistert halten.

Und ihre Wuth ist fürchterlich,
Doch nicht in offnen Kriegen,
Ihr Viperngift verbreitet sich
Durch Schmähen und durch Lügen.
Sohn G —————— ein kleiner Wicht
Erscheint er euch, und dennoch lügt
Er trotz dem größten Buben.

Drum freu' ich mich vom Herzensgrund
Der einsamen Karthause,
Und fühle mich so kerngesund,
So froh als wie zu Hause

In meiner lieben Vaterstadt,
Wo meine Mutter früh und spat
Um den Verlassenen trauert.

O lieben Freunde, könntet ihr
Mich hier nur einmal sehen!
Ich bin gewiß, wir lernten hier
Uns inniger verstehen.
Mir ist so wohl, so kummerlos,
Als fühlt ich mich in Abram's Schooß
Zum Paradies getragen.

Bin ich einmal der Schreiberei
Und des Studierens müde,
Dann schweif ich, gleich dem Wilde, frei
Umher im Waldgebiete.
Und kehr ich Abends spät zurück,
Dann hüpfen mir mit frohem Blick
Die Kinderchen entgegen,

Und plaudern mir die Ohren voll
Von ihren sieben Sachen;
Ihr würdet oft euch taub und toll
Bei ihren Späßen lachen.
Da seh ich denn die holde Spur
Der unverdorbenen Natur
Im Kindersinn entfalten.

Nun gehts zur Abendtafel, die
Mit Butterbrod und Kuchen
Und Milch und Honig pranget, wie
Der Brauch ist bei Besuchen.
Ein Tischtuch wie gefall'ner Schnee,
Und zur Gesellschaft, freundliche
Gesichter ohne Tücke.

Nie schweifen hier die Wünsche aus
Den angemess'nen Schranken;
Ein stilles Weib regiert das Haus
Und herrschet ohne Zanken.
Den Frieden stört kein lautes Wort,
Die Wirthschaft schreitet ruhig fort
Vom Morgen bis zum Abend.

Hier wird das wahre Christenthum
In keine Form geknetet;
Man prägt hier keinen Lehrsatz um,
Und schreit nicht wenn man betet.
Wer Gott von Herzen liebt, der wird,
Ob er gleich in Begriffen irrt,
Der Liebe werth gehalten.

Weg mit dem Glanz der Heiligkeit,
Wo Haß und Meineid brüten!
Wie ein gebranntes Kind sich scheut,
Will ich mich künftig hüten.

Ich kenne ja die Satansbrut,
Die vor den Augen freundlich thut
Und hinterwärts vergiftet.

O könnt ich doch mein Leben fern
Von dieser Brut beschließen!
Ich wollte ja so herzlich gern
Den Tand der Städte missen.
Allein mich ruft die ernste Pflicht,
Und ihr entsagen kann ich nicht,
Bis mich die Zeit entbindet.

Doch frei und ruhig will ich sein
Von Launen und von Grillen,
Will keines Menschen Diener sein,
Kein Herrschgebot erfüllen.
Es zeichne sich nach eignem Plan
Mein freier Sinn die Lebensbahn
Durch's Leben bis zum Grabe.

Und wo mir Liebe und Vertrau'n
Auf meiner Bahn begegnen,
Da will ich meine Hütte bau'n,
Und Gottes Schickung segnen.
Ein Handschlag und ein Männerwort
Begründe den Vertrag hinfort,
Den gute Menschen schließen.

Zum Schluß seid All' von mir gegrüßt!
Ich werd' in wenig Tagen
Euch, wenn's der Vorsicht Wille ist,
Das Andre mündlich sagen.
Bis dahin bleibet recht gesund,
Dies wünschet Euch von Herzensgrund
Eu'r Freund aus seiner Klause.

Nachruf an Glein's Grabe.

Freund, hier stehen tief gerührt die Deinen,
O, sie fühlen's tief, wen sie beweinen,
Die Vertrau'n und Liebe dir vereinte;
Deine Brüder, Schwestern, deine Freunde,
  Die Gemeinde.

Wohl hat größ're Männer, größ're Weisen
Menno Simons Heerde aufzuweisen,
Die Geschmack und Wissenschaft vereinen,
Philosophen unter Groß und Kleinen,
  Beßre keinen.

Und was nützen tief gelehrte Sätze,
Was der kalten Weisheit todte Schätze?
Nur im reinen Herzen wohnet Friede,
Nur im frommen kindlichen Gemüthe
  Herzensgüte.

Dies dein Eigenthum. In jenen Hallen,
Wo des Wahnes Truggestalten fallen,
Gilt ja nur auf deinem Himmelswege,
Für des hohen Bürgerrechts Belege,
    Dies Gepräge.

Das Vertrau'n auf Gott für deine Lieben,
Die noch unter uns zurück geblieben,
Machte dir den Trennungs-Schmerz gelinder;
Er, dein Vater, er versorgt nicht minder
    Weib und Kinder.

Er, dein Vater, den auch wir verehren,
Lehrt uns kindlich dein Vertrauen ehren.
Schwer wird uns der Wittwe Thräne pressen,
Wenn wir je im Schooß des Glücks vermessen
    Sie vergessen.

Rüge.

Da, wo das Elend aus verzerrten Zügen,
Aus düstern, jammervollen Blicken winkt;
Wo dumpfes Murren, lautes Mißvergnügen
Nur das geschwung'ne Richterschwert bezwingt.
Wo feiste Pfaffen sich auf Polstern wiegen,
Wo Ueppigkeit des Landes Mark verschlingt,
Wo man den Reichthum schätzt nach Millionen,
Da kann der Geist des Christenthums nicht wohnen.

Auch da nicht, wo nach tiefgelehrten Sätzen
Die Orthodoxen=Schaar Systeme baut,
Wo Theologen Philosophen hetzen,
Ein Bannstrahl Ketzer in die Pfanne haut,
Nicht, wo die Mystik selbst geschaffnen Götzen
Im Taumel heil'ger Raserei vertraut:
Wo Aberglauben, Wahn und Dummheit thronen,
Da kann der Geist des Christenthums nicht wohnen.

Der Einsiedler.

Sei mir gegrüßet du freundliche Wohnung,
 Die zur Erholung der Siedler sich schuf!
Hier wird dem Herzen die schönste Belohnung,
Fliehend der Leidenschaft lockenden Ruf.

Mögen sie draußen den Sonderling schelten,
O, er beneidet die Rasenden nicht;
Geißle der Ehrgeiz den Wüthrich zum Helden,
O, er beneidet den Rasenden nicht.

Mich auch warf Ruhmsucht in's wilde Gedränge
Heftig berauschender Lüste hinaus;
Endlich zerrissen die sclavischen Stränge
Und ich entfloh aus dem wilden Gebraus.

Mögen sich Thoren um rauschende Freuden,
Um der Bachanten wild stürmende Lust,
Und um den Becher der Wollust beneiden:
Hier nur wohnt Friede in ruhiger Brust.

Wohl pflegt die Reue nur langsam zu schleichen,
Aber den Sünder ereilet sie doch;
Und des Bewußtseins stets mahnende Zeugen
Sind dem Verbrecher ein lastendes Joch.

Friede nur wohnt in der dürftigen Hütte,
Freiheit nur in der zufriedenen Brust.
Arbeit' und bete, und willst du das Dritte:
Liebe, gewährt dir die seligste Lust.

Abschied.

Bald wird die Abschiedsstunde schlagen,
   Und dir ein Lebewohl zu sagen,
      Sei meine letzte Freundschaftspflicht.
Dir winket Reichthum, Lieb und Ehre,
Mir eine düstre Wirkungssphäre,
      Doch weibisch klagen werd ich nicht.

Kein Wort von Glück und Wohlergehen,
Du weißt von Complimenten drehen,
      Versteht mein schlichter Sinn nicht viel.
Du ließ't mich deinen Stand nicht fühlen,
Dies dankt, mit herzlichen Gefühlen
      Dir Freund, mein kleines Saitenspiel.

Wohl dir, du bist mit Kraft gerüstet
Da, wo das Laster sich nicht brüstet,
      Gott lohne dir mit Ruhm und Sieg.
O, Freund, lohnt's wohl der Müh im Leben,
Nach einem höhern Gut zu streben?
      Die Hoffnung täuscht so fürchterlich!

Auch ich einst blühend, stark und kräftig,
Rang unermüdet und geschäftig
   Nach einem schönern Lebensziel;
Doch schwand die Kraft im schweren Ringen,
Der Gram zerschnitt der Seele Schwingen,
   Ich unterlag dem Schmerz und fiel.

Mein Trost in schrecklichen Minuten
Ist, daß ich, von so vielen guten
   Nicht einen wahren Freund verlor.
Sie sind mir alle treu geblieben,
Und du, wie sollt ich dich nicht lieben,
   Der mich im Unglück auserkor?

Die Welt hat mir nichts mehr zu bieten,
Als etwa noch dem Lebensmüden
   Ein Eiland in dem Ozean.
   Leb' wohl! Dort sind wir ebenbürtig,
Ich war vielleicht des Glücks nicht würdig,
   Das meine Seele füllen kann.

M's Tod.

Er ist nicht mehr — so spricht mit Thränen
Die Mutter zu verwaisten Söhnen,
O weint um ihn, er ist nicht mehr!
Und wir auch theilen ihre Schmerzen,
Und sprechen mit zerriss'nen Herzen
Das Trauerwort: Er ist nicht mehr!

Wir seh'n im Geiste den Erblaßten,
Der ungefordert alle Lasten
Des besten Vaters auf sich nahm,
Wir seh'n den Bruder unter Brüdern,
Das redliche Vertrau'n erwiedern
Mit dem man ihm entgegen kam.

Es läßt sich, was er ihr gewesen,
Im Thränenblick der Mutter lesen,
Die unersetzlich viel verlor.
Und lauter spricht die dumpfe Klage
Der Freunde an dem Sarkophage,
Als Leichenzug und Trauerflor.

Er war ein guter Mensch. Erröthe
Wer's nun noch wagen kann und blöde
Am Geist, nach seinem Glauben frägt!
Die Frucht verräth den Baum. Nach Thaten
Pflegt man die Christen zu errathen,
Was auch des Zweifels Hyder sagt.

Wer Freude säet, wird Liebe erndten!
O, daß es doch die Menschen lernten,
Was fromm und christlich handeln heißt!
Wie schnell würd' von den Ewigblinden
Der falsche Sektengeist verschwinden,
Der wüthend Herz vom Herzen reißt!

So ringe denn, im höhern Kreise
Mit Kraft erfüllt, nach Geister Weise,
Nach höherer Vollkommenheit.
Wir aber, Deines Lebens Zeugen,
Versiegeln mit gerührtem Schweigen
Die Freundschaft für die Ewigkeit.

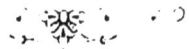

Das Auge.

Das Auge ist der Seele reinster Spiegel
  Und Heiterkeit schmückt nie ein schlechtes Herz.
Umsonst verbirgt der Täuschung schwaches Siegel
Des Lasters Truggestalt, des Busens Schmerz.
Es schlägt der Schwermuth düstrer Rabenflügel
Den scheuen Blick mit Grauen niederwärts;
Nur wo Natur mit reiner Unschuld waltet,
Sich auch im Blick der Seele Glanz entfaltet.

Feierabend-Betrachtung.

Die Ruhestunde naht,
  Und sieh' in ihrem Munde führt
Den Lohn sie mit, der dem gebührt,
Der treu gewirket hat.

Des Fleißes edle Frucht
Ist Ruhe nach des Tages Müh',
Mit reicher Fülle lohnet sie
Den, der sie redlich sucht.

Und scheint sie vielen gleich
Gering, doch ist dies Wenige
Mir mehr als manchem Könige
Sein weites Königreich.

Denn, Arbeit frischt das Blut,
Und nur nach unverdroßnem Fleiß
Dünkt köstlicher uns Trank und Speis
Und höher flammt der Muth.

Wenn dort ein Amadis
Im weichen Sessel hingestreckt
Die abgestumpften Zähne blöckt
Beim Ragout aus Paris;

O dann, wie wohl ist mir,
Ich spotte jeder Erdennoth
Bei kalter Kost und Butterbrod,
Und Milch ist mir mein Bier!

Und ob mir gleich gebricht,
Was Reiche groß und herrlich macht,
So martert mich doch, was sie plagt,
Die Langeweile, nicht.

Und blickt auf meinen Stand
Ein reicher Taug'nichts spottend her,
Und titulirt mich stets per Er,
So wünsch ich ihm — — — Verstand.

An die Ruhe.

Ruhe, Freundin aller Wesen,
Gute, sanfte Trösterin,
Breite deinen blauen Schleier
Auch auf mich, den Müden, hin.

Nach des Tages Last und Hitze,
Sehnt sich jedes Herz nach dir.
Freundlich labest du den Müden,
Warum lächelst du nicht mir?

Des Verbrechers ödes Lager
Ueberschirmt bein Fittig nie,
Und er schaudert vor den grassen
Bildern seiner Phantasie;

Nur der Unschuld Rosenwange
Strahlt von deinem Zauberblick,
Und die unentweihte Seele
Spiegelt klar dein Bild zurück.

Ruhe, Abglanz reinster Wonne,
Lindre mir den herben Schmerz,
Wenn in todesschwangern Nächten
Blutet das zerrißne Herz.

Und da bald die Scheidestunde
Mich zum bess'ren Leben ruft,
So geleite, holde Freundin
Du mich hin zur kühlen Gruft!

April 20. 1876.

Sehnsucht nach dem Tode.

Wer schleicht dort an dem Stabe
 Einher, von Gram gedrückt?
Ein Leidender am Grabe
Sich harrend niederbückt:
Willkommen Freund! was suchest du?
Hier winkt dem Müden Trost und Ruh
Nach langer Erdennoth,
Hier öffnet seine Arme
Dein bester Freund, der Tod.

Ich sah die Blüthenjahre
Vom starren Frost gedrückt,
Ich sah das Wandelbare
Mit Flittergold geschmückt.
Die Welt, das große Jammerhaus,
Streut lockend falsche Münzen aus,
Sie fesselt nur durch Trug:
Nur du, Freund, heilst die Wunden,
Die sie dem Herzen schlug.

So komm denn und genieße
Der Ruh in meinem Arm;
Ein Rasenhügel schließe
Den langen, bittern Harm.
Spät oder früh', das gilt wohl gleich,
Zu meinem stillen Friedensreich
Kam Keiner je zu früh;
Ich biete dir mit Freuden
Den Lohn für jede Müh.

Kein grausendes Gerippe,
Wie dich der Schrecken sah,
Mit Stundenglas und Hippe
Stehst du jetzt vor mir da;
Ein Friedensengel bist du mir
Und gern und willig folg' ich dir
Zum engen Schlummerhaus.
So lösche denn, du Lieber,
Schnell meine Fackel aus!

Benutzung der Zeit.

Laß deine Besserung bis morgen nicht
ansteh'n;
Vielleicht wirst du den Morgen nicht
mehr seh'n!

Grabschrift.
Für mein Kind.

„Eine Knospe von des Gärtners Hand,
Früh versetzt in's beßre Land."

Resignation.

„Du sollst dein Leben, Freund, nicht lieben und nicht
hassen;
„Leb recht! lang oder kurz, mußt Gott du über=
lassen."

Friedens-Reim.

Von Johannes Schmidt.

Gott,
Dem Allerhöchsten.
Zu schuldigem Dank und Ehre.
Für den zwischen Ihro kaiserl. Majestät
und dem Reich, und dann dem Könige
in Frankreich; zu Rißwich in Holland
den 30ten Octobris 1697 abgeschlossenen
Frieden.

O wie selig sind die Stunden,
 Da durch Gottes reiche Güt',
Sich hat wieder eingefunden,
 Der so hoch verlangte Fried'!
Friede! Friede! so ruft Jeder,
 Jetzt in dieser Gnadenzeit,
Es erschallt, und hallet wider,
 Nichts als lauter Friedensfreud'.
Fried'! Der edle liebe Fried',
Fried' an unsern Orten blüht!

Gott, der Alles ab kann wenden,
 Der den Kriegen steurt und wehrt,
Der den Frieden pflegt zu senden,
 Gott, hat wiederum bescheert,
Was wir hielten für verloren,
 Die beglückte Friedenszeit.
Nun ist wieder neu geboren,
 Die erwünschte Friedensfreud'.
Fried'! Der eble liebe Fried',
Fried' an unsern Orten blüht!

Wohl uns! Wohl auch unsrem Lande!
 Wohl der ganzen Christenheit,
Die nun, in dem Friedensstande,
 Gleichsam wiederum verneut.
Nun wird Alles besser werden,
 Nun wird nach der Kriegesfluth,
Wieder fruchtbar sein die Erden,
 Mit vermehrtem Segengut.
Fried'! Der eble liebe Fried',
Fried' an unsern Orten blüht!

Gott! Du starker Herzenszwinger!
 Der Du schaffest was Du wilt,
Gott! Du theurer Friedensbringer!
 Der die Kriegesflamm' gestillt,

Dank und Preis sei Dir gesungen,
　　Für das wehrte Friedenswort!
Dich erheben alle Zungen,
　　Die jetzt rufen, da und dort:
Fried'! Der edle liebe Fried',
Fried' an unsern Orten blüht!

Nun Du großer Gott! Verleihe,
　　Daß auch künftig mit Bestand,
Unser Vaterland sich freue,
　　Ueber dieses Friedensband.
Alles zwar muß einst zergehen,
　　Wie ein altes Kleid zerschleißt,
Doch den Frieden laß bestehen,
　　Bis es endlich selig heißt.
Fried'! Der heil'ge Gottes Fried'!
Fried' im Himmel ewig blüht!